El pedido de Inti
ISBN: 978-607-9344-35-1
1ª edición: mayo de 2014

© 2010 *by* Fabiana Fondevilla
© 2013 de las ilustraciones *by* Daniel Roldán
© 2010 *by* EDICIONES URANO, S.A., Argentina.
Paracas 59 – C1275AFA – Ciudad de Buenos Aires

Edición: Anabel Jurado
Diseño Gráfico: Daniel Roldán

Ediciones Urano México, S.A. de C.V.
Insurgentes Sur 1722, ofna. 301, Col. Florida
México, D.F., 01030, México.
www.uranitolibros.com
uranitomexico@edicionesurano.com

Impreso en China – *Printed in China*

El PEDiDO de INTi

Fabiana Fondevila • Daniel Roldán

URANITO EDITORES

ARGENTINA - CHILE - COLOMBIA - ESPAÑA - ESTADOS UNIDOS - MÉXICO - PERÚ - URUGUAY - VENEZUELA

FABIANA FONDEVILA

Fabiana escribe cuentos, notas, novelas y sueños.
Escribe para recordar, para agradecer, para celebrar. Sobre todo,
escribe para dar cuenta de su asombro infinito y tenaz.

DANIEL ROLDÁN

Daniel es ilustrador y pintor. Piensa que vivir es una oportunidad
para conocer el mundo, por eso le gusta tanto viajar en avión, en barco,
en monopatín o leyendo un libro también.

CUENTOS QUE
NOS CUENTAN

Una estepa helada. Un bosque húmedo y envuelto en sombras. Las olas de un mar bravío. Un pico empeñado en besar el cielo. El manso fluir de un río.

Fértiles o desprovistos, hostiles o acogedores, desafiantes o agraciados, los paisajes que habitamos siempre han sido marco de nuestros sueños y desvelos, tema de nuestras narraciones, fuente de inspiración, destino.

Como las leyendas que narraran los ancianos bajo las estrellas, estos relatos se nutren de la tierra y el agua, del aire y el fuego que en cada rincón del planeta se fundieron de manera precisa y necesaria para dar lugar a un mundo. Sus protagonistas contemplan a los seres que habitan ese universo, se descubren en ellos y aprenden. Del jaguar, la fiereza; de la hormiga, la constancia; de la montaña, el aplomo; del sol, en su incansable retorno, la esperanza, la osadía, la sorpresa.

Cambian los colores y los escenarios. Algunos apenas adivinan el cielo entre la espesura, otros dialogan a diario con el horizonte. Pero es más lo que une a estos pueblos primigenios que lo que los diferencia. "Cada parte de esta tierra es sagrada para mi gente —dijo el cacique Seattle en 1852—. Cada lustrosa hoja de pino, cada costa arenosa, cada bruma en el bosque oscuro, cada valle, cada insecto zumbón, todos son sagrados en la memoria y la experiencia de mi pueblo".

Dondequiera que hoy vivamos, así fueron nuestros comienzos: abiertos al misterio; ajenos a la ilusión de la soledad; plenos de veneración por los ancestros y de respeto por los poderes naturales, incluso los más oscuros; agradecidos, siempre, con las fuentes de sustento.

¿Estamos de veras tan lejos de nuestros antepasados? ¿Podremos aún, como ellos, succionar con las abejas, tejer con las arañas, cantar con las ranas y enmudecer al alba? ¿Podremos percibir aún, en la tierra seca, la huella de antiguas pisadas?

Si hemos olvidado, que el pródigo universo nos lo recuerde.

El PEDiDO de INTi

oy no podrás cuidar a las llamas porque estás enfermo, Inti —dijo la mamá, sintiéndole la frente. Y entonces encargó a Tupac, su hermano menor, que cuidara del rebaño. Inti miró a su hermano con cara de susto.

Tupac no era un mal chico, y en verdad tenía solo dos años menos que él, pero era juguetón, disperso y distraído como él solo. Y, si bien las llamas no daban mucho trabajo, en el monte era importante estar atento. Si algún animal se extraviaba y tenía que salir a buscarlo, corrían peligro de perderse él y el rebaño entero.

—Tonterías —dijo la madre ante la protesta de Inti—, Tupac ha ido al monte tantas veces como tú, nada le puede pasar.

on las primeras luces del alba, Tupac salió con el rebaño hacia las tierras de pastoreo. El hermano mayor se quedó en casa, la frente caliente y el corazón inquieto. La madre no sabía cuántas veces Inti había tenido que salir corriendo tras el pequeño, que disparaba detrás de cada mariposa, perseguía cada roedor, imitaba el vuelo de cada cóndor en el cielo. Nunca le había contado esto a su madre para que no lo regañara. Hoy, pensaba agitado, ese secreto podría costarle caro a su hermanito.

Pasó la mañana, pasó la tarde. Tupac no volvía. Se coció el guiso de maíz y papa para la cena. La mamá lavó, alimentó a las gallinas, zurció las medias agujereadas de sus hijos. Tupac no volvía. Hirvió el agua para el té de coca de la mañana. Se puso el sol, salieron las estrellas. Tupac no volvía.

La madre salió a buscarlo, preocupada.

egresó una hora más tarde con la cara sonrojada de andar y un manojo de vecinos que le seguían los pasos: no había rastro de Tupac ni de una sola de las llamas. Se organizó una expedición con antorchas. Se sumaron más vecinos.

El corazón de Inti titilaba como la lumbre de la cocina. Solo él sabía cuánto era capaz de alejarse su alocado hermano. Un día, mientras él se ocupaba de curar a una llama lastimada, Tupac había correteado quién sabe detrás de qué ave de vuelo y se había perdido. Le llevó media tarde encontrarlo. Al fin, lo halló jugando con piedritas en un pico tan alto que hasta nieve tenía. Si se había ido igual de lejos esta vez, jamás lo encontrarían en la noche cerrada. Podía imaginar al chico caminando en la oscuridad, muerto de susto y de frío, a la merced de los pumas y las alimañas nocturnas.

Se levantó de la cama y buscó su chuspa, compañera de tantas caminatas. Pero no hizo su acullico como todas las mañanas. Ese día, en cambio, esparció las hojas sobre la tierra y, con toda la atención que pudo prestar, a pesar de su cabeza inflamada, eligió las más lindas, las más enteras, las más dignas del pedido que se aprestaba a realizar. Había visto a su abuelo hacer ese ritual tantísimas veces, pero nunca más desde que este muriese. Deseó poder recordar las palabras justas. Llenó con chicha una botellita y salió con sus tesoros. La penumbra lo envolvía como un poncho de vicuña. El silbido del viento alborotaba sus oídos. Se alejó de la casa, subió hasta donde sus piernas tambaleantes pudieron llevarlo, se arrodilló sobre la tierra fría.

Hizo un hoyo con las manos y echó un chorro de chicha. Las palabras le volvieron, poco a poco, como susurros del viento. Agradeció a la Pachamama por todo lo que tenía: su casa de piedra, su rebaño de llamas, su madre, su hermano Tupac. Y le pidió por favor que cuidara del pequeño, que lo resguardara del frío de la noche, que lo ayudara a volver a casa sano y salvo. Depositó tres hojas de coca sagrada dentro del hoyito y repitió el pedido. No logró recordar cómo seguía la ceremonia, pero sí cómo terminaba. Se paró y, de cara a los *apus*, sopló sobre tres hojitas que asomaban entre sus dedos.

—*Apu* Wanka— murmuró en dirección a un cerro—. *Apu* Kallpa —susurró al otro. Y, por fin, girando hacia la montaña que albergaba su casa y su pastoreo, la que lo sostenía en ese mismo momento, imploró:

—*Apu* Tanitani, escucha mi plegaria, *apu* Tanitani, ábreme tu corazón, tráeme de vuelta a mi hermano.

Lo dijo en el idioma de los antiguos, lo mejor que pudo. Volvió a regar la tierra. Volvió a soplar las hojas. Cuando ya no recordó más gestos ni plegarias, regresó a su casa.

Se metió en la cama, cansado hasta los huesos. En ese momento llegaron su madre y la tropilla de vecinos. Venían con cara de vencidos, y la madre tenía una expresión que nunca le había visto, mezcla de alarma y desazón. Alguien puso a calentar la tetera, un compadre dijo: "Ya pronto amanece y retomamos la búsqueda", una comadre aseguró: "El rebaño lo protegerá del frío". Pero todos sabían que la noche era cruel en esas montañas; no era seguro que el chico resistiera.

Por debajo de su manta, Inti frotaba sus hojas de coca y seguía implorando a los *apus* por su hermano. Fue entonces que ocurrió: un estertor desde las entrañas de la tierra. Había muchos terremotos en la zona, pero esto era diferente. No era el rugir furioso que hace temblar las lámparas, vacía las alacenas y abre la tierra de cuajo. No. Esta vez, el suelo, junto con la casa de piedra y todos sus habitantes, parecía estar siendo empujado por una excavadora gigante. El compadre soltó la tetera y el agua se volcó al piso, la comadre largó el tejido, todos se miraron aterrados. ¿Qué estaba pasando? Inti saltó de la cama y atravesó la puerta dando tumbos. No era la casa, era la montaña la que se movía. Avanzaba con un mugido titánico de raíces desgajadas y tierra suelta. Achicaba kilómetros, cruzaba el arroyo de aguas bravas, dejaba atrás poblados, cambiaba el paisaje a su paso.

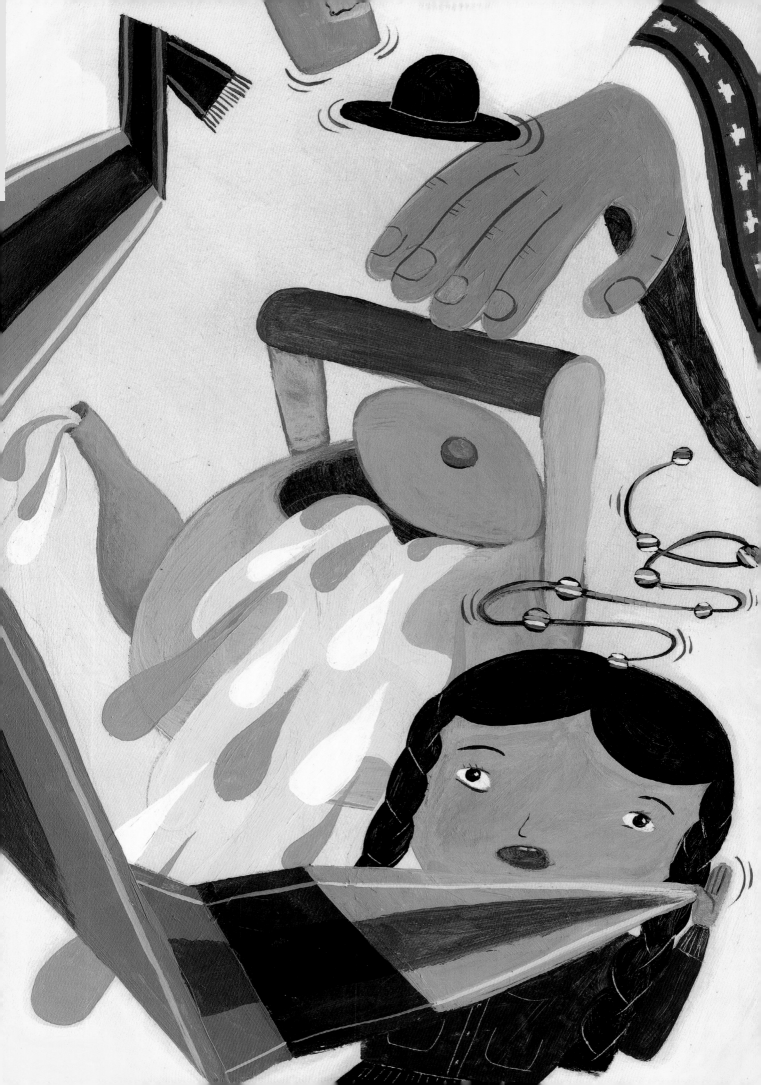

De pronto, se detuvo. La mamá y los vecinos salieron de la casa, y sus mandíbulas cayeron como la de Inti. Las primeras luces del día mostraban lo imposible, lo que nadie jamás habría imaginado en esa tierra castigada y dura. La casa estaba sobre la misma ladera de la misma montaña de siempre, pero ahora se encontraban de frente a Warawara, un cerro alto y escarpado que rara vez visitaban porque el camino para llegar era largo y sinuoso. Allí, enterrado en el pelaje marrón de una llama, dormía Tupac.

Todos corrieron hacia el niño. Las vecinas lo cubrieron con sus ponchos; la madre, con un sinfín de besos. Unos reían, otros lloraban. Inti esperó a que todos se apartaran para darle el abrazo esperado. Tupac miraba a todos con ojos somnolientos, como si creyera estar soñando todavía. Fue tanto el regocijo que nadie recordó dar las gracias por el milagro. Inti, ya sin fiebre, buscó su chuspa y repitió la ceremonia de la coca, la chicha y los *apus*. Pero esta vez no había pedido, solo gratitud.

nti y Tupac siguieron llevando el rebaño a pastar todas las mañanas. Al poco tiempo, una llama dio a luz cuando estaban solos en medio del monte. Los hermanos le sostuvieron la cabeza y tiraron de las patas de la cría para ayudarla a nacer. Era blanca y peluda, con una mancha oscura en la nariz. La bautizaron "Tanitani", y, en cuanto pudo pararse firme sobre sus patas, la llamita empezó a acompañar el rebaño, siempre pegada a las piernas de Tupac.

ería bueno decir que Tupac aprendió a ser atento y a no alejarse más del rebaño, pero no fue así. Su curiosidad y su entusiasmo seguían intactos, y a menudo volvía a salir disparado tras un viento dulce o una liebre veloz. Pero ahora Tanitani lo seguía a donde fuese y, cada vez que el niño se escapaba demasiado lejos, el animal lo traía de vuelta a fuerza de suaves golpes de cabeza.

—¿Y Tupac a dónde anda? —preguntaba a veces algún paisano que pasaba.

—Con Tanitani, don Jorge, quédese tranquilo nomás —respondía Inti. Y, luego, como quien no quiere la cosa, dejaba caer al suelo unas hojas de coca de su morral. Por si acaso.

¿QUiÉNES SON?

Los quechuas son los descendientes del pueblo inca, creadores del imperio más grande que existió en América, Tahuantisuyo. Hoy en día, siguen viviendo sobre la cordillera de los Andes, en distintos países de América del Sur: Colombia, Ecuador, Perú, Bolivia, Chile y Argentina. En la Argentina, se concentran más que nada en Salta, Jujuy, Tucumán, La Rioja y Mendoza, todas provincias en que los incas conquistaron a las poblaciones indígenas autóctonas y construyeron fuertes (llamados *pucarás*) y puestos militares. Sus caras parecen esculpidas con el mismo fino instrumento que sus montañas: tienen pómulos altos y rojizos, nariz fuerte y definida y ojos achinados. El quechua es el idioma indígena que más se habla en la región en la actualidad.

¿CÓMO ViVEN?

Los Andes son el marco, el entorno y la razón de ser de este pueblo de pocas palabras y sentir profundo. Pero no todos viven, como Inti, en la ladera de la montaña. Los quechuas ocupan tres zonas bien distintas de los Andes. De mayor a menor altura, estas se conocen como: el altiplano, que se halla a un promedio de 4000 metros sobre el nivel del mar y posee picos altísimos, nevados en invierno, y vegetación desértica; los valles templados, que se encuentran entre los 1500 y los 2500 metros de elevación, con cerros más pequeños y bosques cubiertos de verde; y los yungas, selvas de montaña situadas al pie de la cordillera, entre los 1000 y 1500 metros, en las cuales reinan el calor y la vegetación selvática. Cada zona tiene sus propias plantas y animales, pero todas comparten una belleza agreste no muy distinta a la que conocieron los antiguos incas.

¿QUÉ CULTIVAN Y QUÉ COMEN?

En el altiplano, la reina absoluta es la papa (como la Reina Batata de Argentina, pero menos dulce y con muchísimas formas y colores diferentes). También abundan la oca, el *ulluku* o papa lisa, la quínoa y el *tarwi*, una especie de poroto o frijol. En los valles, lo que más se consume es el té de coca, el maíz, el ají, la batata o camote, el maní y las frutas, como la chirimoya o el tumbo. En cambio, en los yungas, por la espesa vegetación y lluvia persistente, no es fácil hacer crecer demasiado.

Volviendo a la reina papa, hay que decir que los quechuas fueron los primeros en cultivarla y que, además, descubrieron un sistema para conservarla fresca todo el invierno que se sigue practicando hasta el día de hoy. El procedimiento que realizan es el siguiente: exponen las papas a las heladas nocturnas y, luego, al calor del día; por último, las pisan para extraerles la humedad. Así, elaboran lo que llaman *chuño*, un producto negro y deshidratado, muy fácil de almacenar y que puede conservarse indefinidamente. Dicen que su sabor es riquísimo. Ahora, su aspecto no es el más agradable del mundo; el chuño no parece siquiera un pariente lejano de nuestras amadas papas fritas...

¿CÓMO SE LLAMAN?

Casi siempre, los nombres quechuas se inspiran en elementos del paisaje o fuerzas de la naturaleza, y suelen ser ocurrentes y bonitos. Por ejemplo, entre los nombres de mujer, *Mayuasiri* quiere decir 'la de la risa cantarina como un río'; *Misk'i* significa 'dulce como la miel'; *Ninapaqari*, 'fuego del amanecer'; y *Phuyuqhawa*, 'la que mira las nubes'. Y, entre los nombres de hombre, *Illapuma* significa 'puma de luz'; *Katari* es 'serpiente'; *Apuqatiqill*, 'señor del rayo'; y *Kunturumi*, 'fuerte como la piedra y el cóndor'. ¿Qué te gustaría más que inspirara tu nombre: un trueno, una cascada o un picaflor?

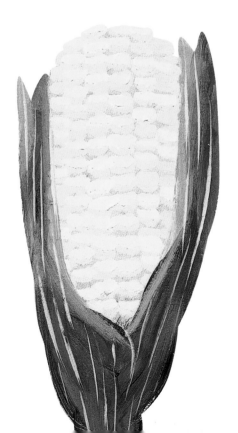

¿CÓMO CRÍAN A LOS NIÑOS?

La madre es quien está a cargo de educar a los hijos. Hasta el año y medio, lleva a su bebé cargado a la espalda con un pañuelo colorido llamado *aguayo* (que hila ella misma y con el que también transporta sus mercancías) y, así, lo cuida mientras realiza sus actividades. Las hijas permanecen junto a la madre y a veces no van a la escuela para ayudar con los quehaceres de la casa. La hija mayor ayuda a cuidar a los menores, aunque sea una niña ella misma. El padre no participa mucho en la crianza, pero, cuando el hijo varón cumple cinco años, empieza a enseñarle las tareas que le tocará desempeñar cuando sea grande.

Los chicos aprenden las reglas de la comunidad jugando con sus amigos. En el poco tiempo libre que tienen, se divierten imitando a sus padres: juegan a cultivar, a cuidar a las llamas, a vender sus productos en el mercado.

Son educados también por medio de los cuentos. Hay muchos cuentos quechuas protagonizados por pájaros y animales, y casi siempre enseñan cómo hay que comportarse para tener una vida buena y honorable.

¿CÓMO SON SUS CASAS?

Originalmente, los habitantes de los Andes construían sus casas con piedra, el material más fácil de encontrar en ese paisaje árido. Puede parecer aburrido pensar en una casa de piedra, pero quienes hayan visitado el santuario Machu Picchu, en Perú, saben que con este humilde material se puede construir una verdadera maravilla. Esta edificación, que hoy visitan turistas de todas partes del mundo, no solo es bellísima porque se alza en medio de unas cumbres majestuosas, sino porque está construida con pesadísimos bloques de piedra que encajan unos sobre otros sin dejar ni un milímetro en el medio... ¡y sin una gota de cemento! Tan perfecto es el encastre que, aunque uno así lo quisiera, no podría introducir entre las piedras ni el filo de un cuchillo.

Hoy en día, los quechuas siguen construyendo sus casas con los materiales que les provee la naturaleza: adobe (una mezcla de barro y paja), piedras o tablas de madera para las paredes; paja, hojas de palma, tejas o barro para el techo. La madera se usa más en los valles y en los yungas, y menos en el rocoso altiplano. Por eso, es más fácil encontrar casas de dos pisos en las zonas más bajas, mientras que en la montaña es más común ver casitas más sencillas con techos en cúpula o travesaños de barro enrollado (ñiq'i giru), bien chiquitas y casi sin ventanas. En los lugares más fríos, es más probable que todos duerman en el mismo cuarto y que ahí mismo se cocine para mantener cálido el ambiente.

Las casas suelen tener un cuarto para dormir y pasar el tiempo, y otro para depósito de sus cosechas. En el cuarto de estar, hay pocos muebles: allí se pueden encontrar, a veces, una mesa y alguna silla o banquito, y las camas, que son tarimas de adobe compartidas por varios miembros de la familia. La ropa se cuelga de los travesaños del techo o de clavos en las paredes.

¿DE QUÉ ViVEN?

Los quechuas son agricultores y criadores de llamas, y viven de vender la carne y los productos que cosechan. Pero, tal como ocurría con sus antepasados, en los intercambios lo fundamental no es lograr la mayor ganancia, sino la reciprocidad. Es importante lograr el trueque justo para que ambas partes queden satisfechas. Los precios provienen de la costumbre más que del mercado, y el dinero no se acumula: la mujer va al mercado, vende sus productos y gasta lo ganado en adquirir otros bienes.

En el intercambio de bienes, se mide el grado de generosidad y no tanto lo que se transfiere efectivamente; para cada parte es importante considerar que ha sido la más generosa.

Los "llameros" que viven en la montaña intercambian sus tejidos, cueros, carne seca y sebo por los vegetales y otros productos que venden los pobladores de los valles y los yungas.

¿EN QUÉ CREEN?

Los habitantes de los Andes perciben el mundo y todas sus criaturas como espíritus vivos y los tratan con reverencia. Sienten especial veneración por los espíritus de la naturaleza que los rodea, inspira y alimenta, como la diosa Pachamama, cuyo nombre proviene de *pacha*, 'tierra', y *mama*, 'madre'; el dios Inti, cuyo nombre se origina en la voz quechua *inti*, 'sol'; y los *apus* o espíritus de las montañas.

Conciben el mundo como dividido en tres partes: el mundo de arriba (*Janan Pacha*), el mundo de abajo (*Uku Pacha*) y el mundo que habitamos los seres humanos (*Kay Pacha*). Los seres humanos deben vivir en equilibrio con los mundos de arriba y de abajo, sobre todo con este último, que consideran habitado por seres poderosos que pueden hacer mucho bien o mucho mal. Para honrarlos y mantenerlos contentos, se hacen ceremonias en las que se les da de tomar y comer: se les dejan ofrendas y se moja la tierra con chicha, una bebida alcohólica que elaboran con maíz.

Entre los seres del mundo de abajo, ocupan un lugar importante los muertos, sobre todo los *achachila* o *machula* ('abuelos' o 'antepasados'), que son los protectores de la comunidad y de la región. Algunos de ellos tienen poder sobre las nubes, los vientos, la lluvia, el granizo y los cerros. Las *awicha* ('abuelas'), por otro lado, se asocian a las cuevas, las quebradas y las enfermedades. Y *awicha* también se llama al espíritu protector de cada hogar.

La Pachamama es una de las divinidades andinas más importantes. Se relaciona con los espíritus multiplicadores de los animales (*illa*), las plantas (*ispalla*) y los minerales (*mama*). Los quechuas creen que cada casa tiene su propia Pachamama protectora, pero, al mismo tiempo, la Pachamama protege a todos y está en todas partes.

En la concepción andina, todo es sagrado y no hay planta ni criatura, por más pequeña que sea, que no merezca respeto y consideración.

La *chakana* ('cruz cuadrada' o 'andina') es el símbolo más venerado por este pueblo. Por un lado, hace referencia a la Cruz del Sur, esa constelación de cuatro puntas que tienen el privilegio de ver por las noches los que viven en el Cono Sur. Pero, al poseer lados en forma de escalera y un círculo central, también representa la unión entre lo alto y lo bajo, la tierra y el sol, el hombre y lo superior.

¿QUÉ FESTEJAN?

L as fiestas son muy importantes en la vida de las comunidades quechuas, y hay muchas a lo largo del año. Hay fiestas para celebrar una fecha o un momento del año, y otras, más íntimas, para pedir ayuda ante algún problema grave, como una enfermedad, una sequía, un terremoto. En estas fiestas, siempre abundan la comida, la bebida, la música y la danza. Es común que haya velas, incienso y hasta cohetes y bombas de estruendo. Son momentos de encuentro en los que todos llevan algo que compartir. Y también se invita a participar a los espíritus del mundo de arriba y el mundo de abajo, para pedirles su ayuda durante todo el año.

En la Fiesta de la Pachamama, el primero de agosto, se riega la tierra con chicha y se dejan maíz, tabaco y otras ofrendas, como los fetos de llama (que, aunque suene extraño, son símbolos de pureza y ternura). Así, se le devuelve algo de lo mucho que brinda a sus hijos. El llamado *Inti Raymi*, del quechua 'fiesta del sol', es un colorido festejo que tiene lugar en el solsticio de invierno —la noche más larga del año— como forma de propiciar el pronto retorno de la luz.

¿QUÉ UTILIZAN COMO MEDICINA?

E l *altumisayuq* es el médico, sabio y sanador más alto. Trata enfermedades físicas, psicológicas y mágicas por igual; por ejemplo, el mal del rayo o del viento, el miedo de un chico ante el ladrido de un perro o el susto de un grande tras haber visto a un espíritu vagando por la montaña.

¿De qué medios se vale para curar? Recurre a los sahúmos (que son la quema de plantas, raíces y cortezas purificadoras, como la coca, el copal, el incayuyo, el palo santo), a la toma de plantas y a las ceremonias sagradas. También recurre a las hojas de coca como instrumento de adivinación: las echa al aire y después "lee" la disposición que forman en el suelo. De allí, puede diagnosticar qué enfermedad padece una persona y qué hay que hacer para curarla.

UNA CANCIÓN

P ara que prueben si son capaces de cantar en quechua, aquí una canción de cuna que se les solía cantar a los chicos. Una pista: el cuculí es una especie de paloma de alas blancas, llamada así por su sonido, que anuncia el amanecer...

Preparados, listos, ¡ya! ¡El primero al que se le traba la lengua pierde!

Kukulii shumaq kukulii
Cuculí, lindo cuculí
kushi kushilla qutsukuykanki
que alegre cantas
munti rurinchaw qutsukuykanki
bajo el monte
kinwaykim ashiramushaq
te voy a traer quínoa
kushi kushilla mikunaykipaq
para que alegre
makillaallachaw mikunaykipaq
en mi mano comas.

GLOSARIO

→ **ACULLICO:** El bollo de hojas de coca que mastican los habitantes de los Andes en Bolivia, Perú y el norte de Argentina.

→ **ALTUMISAYUQ:** Significa 'chamán', una suerte de sacerdote, mago y curandero, y hombre respetado de la tribu. Por lo general, este cargo honorario es pasado de padre a hijo, pero también se puede obtener tras sufrir una enfermedad o accidente natural, como ser derribado por un rayo, y sobrevivir.

→ **APU:** Así llaman los quechuas al espíritu de la montaña. La mitología quechua dice que de allí bajaron los ancianos fundadores de los pueblos andinos y que es en las montañas donde habitan los antepasados. Para estos pueblos, toda montaña tiene nombre y espíritu; a veces, hasta ven sus rostros esculpidos en las laderas. Los habitantes del altiplano consideran que existen tres mundos: el de arriba (de los astros, del clima y de los espíritus guía), el del medio (donde viven las personas y los animales) y el de abajo o subterráneo (donde moran los muertos y también la Pachamama, que recrea la vida). Los *apus* conectan los tres mundos: con sus raíces llegan hasta el mundo subterráneo y con sus cumbres rozan el cielo. También piensan que los cerros aspiran el agua del cielo y la exhalan a la tierra. Por todo esto, son espíritus amados y venerados.

→ **APU WANKA:** *Wanka* significa 'piedra' y es también el nombre de una cultura del altiplano que se estima apareció entre los años 1200 y 1400, llamada *Wancayuq* ('el lugar de la piedra' o 'donde está la piedra'). Los wankas eran sus aguerridos habitantes, se dedicaban a la agricultura y a resguardar su territorio. Ante la invasión de los incas, comenzaron a construir fortalezas y viviendas de piedra en lo alto de los cerros. Finalmente, fueron conquistados por el gobernante inca Pachacutec en 1460.

→ **APU KALLPA:** *Kallpa* quiere decir 'fortaleza'.

→ **APU TANITANI:** *Tanitani* significa 'flor de la cordillera' o 'flor silvestre'.

→ **CHICHA:** Bebida alcohólica muy difundida en América del Sur desde antes de que llegara Colón a estas costas. Se produce en las casas, en forma artesanal, y se utiliza desde siempre para hacer ofrendas y en las ceremonias religiosas. La chicha se hace con la fermentación del maíz, de otros cereales y, a veces, de frutas. ¿Qué es la fermentación? Un proceso natural por el cual una sustancia se agria o se pudre y, en algunos casos, cobra gradación alcohólica.

→ **CHUSPA:** Bolsita en la que se transportan las hojas de coca.

→ **INTI:** 'Sol'. Los quechuas adoran al dios Inti y lo celebran en sus festejos.

⇒ **LLAMA:** Animal de la familia de los camélidos, que vive en América del Sur. En las laderas de los Andes, donde hay tan poca vegetación y posibilidad de cosechar frutas y vegetales, las llamas han sido una gran compañía para los pobladores: se alimentan de su carne, hacen ponchos y vestimentas con su lana, confeccionan zapatos con su cuero.

⇒ **PACHAMAMA:** Espíritu de la Madre Tierra.

⇒ **PONCHO DE VICUÑA:** La vicuña es un pariente más pequeño de la llama que también habita en el altiplano andino. Su nombre en quechua es *wari*. Suelen ser marrones, con el pecho y las patas blancas. A la vicuña domesticada, es decir, criada por humanos, se la llama *alpaca*.

El poncho es una vestimenta muy común en esa zona, que tiene un agujero para pasar la cabeza y cubre casi todo el cuerpo. Es bien calentito y perfecto para estar abrigado durante el crudo invierno andino.

⇒ **REINA BATATA:** Protagonista de una canción infantil de la cantautora argentina María Elena Walsh.

⇒ **TÉ DE COCA:** La coca es una planta medicinal originaria de la zona de los Andes, y el té de coca se toma desde tiempos inmemoriales en esa parte del mundo. Tiene efectos vigorizadores —despierta y vuelve alerta a quien lo toma, como el café y el té— y sirve para atemperar los efectos del *soroche* o mal de altura.

⇒ *TUPAC:* Significa 'brillante' y es el nombre de uno de los últimos incas que luchó contra los conquistadores españoles.

ÍNDICE